W9-ACP-848

Coordinación de la colección: Mariana Mendía
Cuidado de la edición: Mónica Romero Girón
Formación: Sofía Escamilla Sevilla
Diseño de forros: Javier Morales Soto
Traducción: Mariana Mendía

Poka y Mina. Cine

Título original en francés: *Poka et Mine: au cinéma*

Texto e ilustraciones de Kitty Crowther
D. R. © 2006, *l'école des loisirs*, París
Publicado por acuerdo con Isabelle Torrubia Agencia Literaria.

Primera edición: enero de 2017
D. R. © 2017, Ediciones Castillo, S. A. de C. V.
Castillo ® es una marca registrada.
Insurgentes Sur 1886. Col. Florida.
Del. Álvaro Obregón.
C. P. 01030. México, D. F.

Ediciones Castillo forma parte del Grupo Macmillan.

www.grupomacmillan.com
www.edicionescastillo.com
infocastillo@grupomacmillan.com
Lada sin costo: 01 800 536 1777

Miembro de la Cámara Nacional de la Industria Editorial Mexicana.
Registro núm. 3304

ISBN: 978-607-621-719-1

Prohibida la reproducción o transmisión parcial o total de esta obra por cualquier medio o método, o en cualquier forma electrónica o mecánica, incluso fotocopia o sistema para recuperar la información, sin permiso escrito del editor.

Impreso en México / *Printed in Mexico*

Impreso en los talleres de
Editorial Impresora Apolo, S. A. de C. V.
Centeno, 150-6. Col. Granjas Esmeralda.
Del. Iztapalapa. C. P. 09810. México D. F.
Enero de 2017.

POKA Y MINA
CINE

R06069 09402

KITTY CROWTER

POKA Y MINA
CINE

Mina ya le dio de comer a Sila tres veces. Le puso la piyama, la durmió, la despertó y la vistió. También leyó su libro y bebió su chocolate.

No sabe qué otra cosa hacer...

Poka viene a verla y Mina pregunta:

—¿Vamos a salir?

—Sí, vamos a ir al cine. Ponte el abrigo, pequeña Mina.

—¡Yupi! ¡Eeee!

—Vamos, ve a abrigarte.

—¡Eeee! ¡Eeee! Ya voy, ya voy —canta Mina y corre a su habitación.

Poka espera a Mina en la puerta de entrada, pero ella no baja.

—“Pero qué tanto hace esta niña”, se pregunta.

—Ah, no. ¡Sin tus peluches, Mina!

—Pero papá, ellos nunca han ido al cine.

—¿Así que tus peluches tienen ganas de aprender? —pregunta Poka.

—Sí, papá. Quieren ser inteligentes.

—Dos entradas, por favor —pide Poka.

—¡No, papá! Dos no, ¡ocho! Somos ocho —explica Mina.

—Sí, sí, Mina, somos ocho.

—¡No, Mina! No pongas a cada peluche en un asiento.

HULP

—¿Cuándo va a comenzar la película?
—se impacienta Mina.

—Pronto, muy pronto. Siéntate bien.

HVLP
HVLP

—Papá, tengo sed, mucha sed —dice Mina.

—¡Ay, no, Mina!

—Mis peluches también tienen sed.

3

—¿Nos podría dar dos jugos de flores, por favor, señor? —pregunta Poka.

—¿De qué sabor?

—De rosas —responde Mina.

—Y yo de junquillo —dice Poka.

—¡Papá! Perdí a Sila. Voy a buscarla, quédate aquí.

—¡Mi Sila!

—No te preocupes, pequeña. Parece que Sila es muy inteligente y no se movió de su lugar —dice el vendedor.

Poka llega.

—Vamos, Mina, ya terminó la película. Regresemos a casa.

—¿Sabes, papá?

—¡Me encanta el cine! —exclama Mina.